HÉSIODE ÉDITIONS

LOUISE COLET

Ces petits messieurs

Hésiode éditions

© Hésiode éditions.

1 rue Honoré - 93500 Pantin.
ISBN 978-2-38512-079-5
Dépôt légal : Novembre 2022

Impression Books on Demand GmbH

In de Tarpen 42
22848 Norderstedt, Allemagne

Ces petits messieurs

I

On dit : ces Petites Dames ! pourquoi ne dirait-on pas ces Petits Messieurs ! pour désigner ces désœuvrés élégants, raffinés, besogneux, cyniques, que l'on rencontre dans toutes les capitales du monde, et, il faut oser le dire, surtout à Paris. Vrais frères des Petites Dames, ils usent des mêmes moyens qu'elles emploient pour satisfaire les convoitises d'une vie oisive et vaniteuse. Donc tel métier, tel nom, sauf la différence du féminin au masculin.

Chose grave et piquante à constater, les Petits Messieurs ne se recrutent pas, comme les Petites Dames, dans les rangs de la misère ; ils sortent pour la plupart de ce qu'on appelle encore les hautes classes. Si bien qu'on a vu des ducs, voire même des princes, passer par l'état des Petits Messieurs.

Les Petites Dames sont classées à part ; elles ne coudoient que ceux qui les cherchent et les convoitent ; les honnêtes gens ne sont point exposés à s'asseoir auprès d'elles dans un salon et à se heurter à leur toilette voyante où la vénalité s'étale. Il n'en est pas de même des Petits Messieurs ; ils exercent incognito leur joli métier ; ils s'insinuent et se dissimulent.

Leur vie problématique n'est mise à découvert que par la hardiesse des écrivains satiriques, ou par l'éclat que font leurs ruptures avec les femmes qu'ils exploitent et qu'ils abandonnent pour une liaison plus productive ou pour un riche mariage inespéré.

Les femmes sur le retour, même les courtisanes, ont d'abord payé les frais de la mise en scène des Petits Messieurs ; arrivés à la fortune ou à une renommée quelconque, ils voudraient briser le singulier piédestal, on pourrait dire l'escabeau souillé au moyen duquel ils se sont exhaussés. Alors éclatent le désespoir et la fureur de celles qui, après avoir amplement pourvu à leur précaire adolescence, sont délaissées par leur ambitieuse maturité.

Mais, avant d'entrer dans les particularités contemporaines, indiquons la trace des Petits Messieurs à travers les siècles.

Ils ont fleuri de préférence dans les sociétés corrompues et sous les despotismes. En Grèce, ils se produisent au temps de Périclès. À Rome, inconnus jusqu'à la décadence de la République, ils pullulèrent sous les Césars. Les esclaves et les affranchis avaient d'abord exercé cet emploi : bientôt les patriciens le recherchèrent et le remplirent hardiment.

Dans les temps barbares : éclipse totale des Petits Messieurs. Leur évolution recommence avec la Renaissance dans les cours italiennes ; les Médicis les implantent à la cour de France, où, depuis lors, ils ont élu domicile.

Durant les intervalles révolutionnaires, la liberté les épouvante ; elle les dépossède ; il leur faut pour théâtre les intrigues, la paresse et les galantes perversités des cours.

Sous les Valois, la France comptait déjà une foule de Petits Messieurs ; mais, chose étrange, ce n'étaient pas les femmes qui les pourchassaient.

Sous Louis XIV, le duc de Lauzun fut le plus célèbre des Petits Messieurs. Il vécut splendidement aux dépens de la Grande Mademoiselle, laide et déjà vieille.

Sous la Régence et sous Louis XV, la cohorte des Petits Messieurs devint innombrable à la Cour et à la Ville, comme elle l'avait été à Rome sous les empereurs. La fameuse duchesse de Bouillon avait toute une meute de Petits Messieurs à son service, qui absorbait une grande partie de ses revenus ; elle les prenait de préférence dans les coulisses de l'Opéra et de la Comédie-Française. On les désignait alors sous le nom de Greluchons.

L'esprit profond de La Bruyère prit de son temps les Petits Messieurs sur le fait ; il en trace ce croquis de sa plume à la fois exquise et acérée :

« Il y a des femmes déjà flétries qui, par leur complexion ou leur mauvais caractère, sont la ressource des jeunes gens qui n'ont pas assez de biens. Je ne sais qui est le plus à plaindre, ou d'une femme avancée en âge qui a besoin d'un cavalier, ou d'un cavalier qui a besoin d'une vieille. »

C'est encore La Bruyère qui nous a laissé cette esquisse piquante de la tenue et de la toilette des Petits Messieurs de son temps : « Il est recherché dans son ajustement, il sort paré comme une femme ; il n'est pas hors de la maison qu'il a déjà ajusté ses yeux et son visage afin que ce soit une chose faite quand il sera dans le public... Il a la main douce, et il l'entretient avec une pâte de senteur ; il a soin de rire pour montrer ses dents ; il fait la petite bouche, et il n'y a guère de moments où il ne veuille sourire : il regarde ses jambes, il se voit au miroir, l'on ne peut être plus content de personne qu'il l'est de lui-même ; il s'est acquis une voix claire et délicate, et heureusement il parle gras ; il a un mouvement de tête, et je ne sais quel adoucissement dans les yeux, dont il n'oublie pas de s'embellir : il a une démarche molle et le plus joli maintien qu'il est capable de se procurer ; il met du rouge, mais rarement, il n'en fait pas habitude : il est vrai aussi qu'il porte des chausses et un chapeau et qu'il n'a ni boucles d'oreilles ni collier de perles. Aussi ne l'ai-je pas mis dans le chapitre des femmes. »

Les jeunes abbés de cour (et de ville) ne restaient pas étrangers aux fonctions de Petits Messieurs.

« Certains abbés, dit encore La Bruyère, à qui il ne manque rien de l'ajustement, de la mollesse et de la vanité des sexes et des conditions, entrent auprès des femmes en concurrence avec le marquis et le financier, et l'emportent sur tous les deux. »

On voit encore à Rome de ces aimables abbés qui remplissent toujours avec plaisir le même office. Je me trouvai un jour en compagnie d'un Anglais, dans le palais d'une princesse romaine ; la dame énumérait devant nous toutes les charges de sa maison ; elle avait, disait-elle, un nombreux domestique : deux cochers, quatre valets de pied, un cuisinier et ses deux aides, quatre femmes de chambre, etc.

– Sans compter l'abbé, ajouta-t-elle, en nous désignant un jeune homme pâle et maigre, mais d'une fort belle figure, qui accordait un piano. L'abbé du moins m'est fort utile, poursuivit la dame ; il élève mon fils, dit la messe à la campagne, me sert de secrétaire et m'enseigne un peu de musique.

– Je comprends, dit l'Anglais flegmatique avec un sourire de bonhomie : c'est le domestique des sens.

Je trouvai le mot superbe ; il eût fait fortune au théâtre dans la bouche de Figaro.

La princesse l'entendit sans colère, et repartit avec une inflexion tendre : – Je vous assure qu'il est charmant.

II

Les Greluchons du règne de Louis XV se continuèrent sous Louis XVI et furent emportés par la Révolution ; quelques-uns émigrèrent ; ils refleurirent sous le Directoire. Barras avait une sorte de cour (et de cour fort corrompue). C'était un sol propice pour faire repousser les Petits Messieurs ; beaucoup se dissimulèrent sous l'habit des Muscadins.

La Révolution avait ruiné à peu près tout le monde ; ils étaient, eux, plus pauvres que Job, ce qui redoublait leur naturelle avidité ; ils ajoutèrent alors à leurs procédés ordinaires, pour se faire défrayer ou enrichir, certains moyens fort ingénieux : à peine une femme leur avait-elle souri, même sans intention, qu'ils se faisaient présenter chez elle, et que, dégagés de tout scrupule, ils lui dérobaient, dès le premier jour, quelque bijou ou autre objet de prix.

Ils comptaient sur l'impunité, et presque toujours ils calculaient juste. Les femmes qui leur avaient témoigné quelque intérêt se seraient bien gardées de divulguer le vol, de peur du scandale, et celles qui les avaient tenus à distance redoutaient les suppositions malignes du public sur l'intimité qu'attestaient de pareils larcins, dont les Petits Messieurs se vantaient et se paraient impudemment en les qualifiant toujours de tendres souvenirs.

L'un d'eux, vers la fin du Directoire, était passé maître dans ce genre d'expédients. Son père occupait un assez haut emploi. Mme Récamier m'a raconté un trait inouï d'audace de ce roi des Petits Messieurs. On sait que chaque fois que cette femme, restée justement célèbre par son esprit, sa beauté et son grand cœur, paraissait en public ou dans un salon, elle y était l'objet de l'empressement le plus vif et le plus respectueux. Mme Récamier, parfaite musicienne, avait promis un jour à une de ses amies de se faire entendre chez elle dans une matinée musicale. Tout ce qu'il y avait alors de brillant à Paris devait être réuni à cette fête ; avant de s'y rendre, Mme Récamier passa chez la comtesse R…

La jeune et éblouissante Juliette avait fait une de ces toilettes comme elle seule savait les faire. Sa tête idéale n'était ornée que par ses beaux cheveux massés en nœud sur le sommet et légèrement bouclés sur le front et sur les tempes.

– Vous êtes adorable, lui dit la comtesse, et vous allez, comme toujours, ravir tous les yeux et blesser bien des cœurs dans cette assemblée ; mais j'aurais voulu, pour tempérer votre éclat et faire votre entrée, que vous eussiez sur la tête un voile en point d'Angleterre.

– Il est trop tard, répliqua Mme Récamier ; on m'attend et je n'ai plus le temps de retourner chez moi pour chercher un voile.

– Tenez, prenez le mien, reprit la comtesse ; et en disant ces mots elle groupa sur la tête de son amie un de ces merveilleux tissus de dentelles qui coûtaient alors un prix fou.

À peine arrivée dans le salon où elle était attendue, Mme Récamier se mit au piano pour exécuter quelques morceaux de musique italienne. Elle quitta son voile et le posa sur les cordes du clavecin qui était ouvert. Le roi des Petits Messieurs s'était glissé jusqu'au piano : penché, attentif, il tournait les feuillets du cahier de musique de sa main droite, tandis que sa main gauche s'agitait comme distraite sur le bord de l'instrument.

Après avoir joué avec un sentiment exquis deux mélodies nouvelles, Mme Récamier, acclamée par toute l'assistance, se leva et voulut remettre son voile pour partir ; elle se plaisait à ne faire dans le monde que de courtes apparitions, on a dit par coquetterie, je croirais plutôt par ce goût délicat qu'ont les supériorités en tout genre de ne pas se prodiguer.

Le voile avait disparu.

Mme Récamier comprit en quelles mains il se trouvait, et elle le réclama sans hésiter au beau jeune homme, qui affectait de la suivre et de lui offrir son bras. – Il répondit en riant que sans doute ce voile admirable avait tenté un des domestiques qui faisaient circuler les plateaux, ajoutant, sous forme de compliment galant, que s'il avait eu le bonheur qu'un objet ayant touché une si divine personne arrivât en sa possession, il ne s'en dessaisirait jamais, car ce serait un gage d'espoir auquel il tiendrait plus qu'à la vie, plus qu'à l'honneur ! – il redressa la tête en prononçant ces mots et les accompagna de regards qui avaient l'audace de vouloir faire croire au public à des paroles plus intimes.

Le coup d'œil qui lui répondit dut le faire trembler ; il était froid et acéré comme un glaive.

La jeune femme n'avait pas à redouter les conjectures ; sa pureté rayonnait sur cette société bourbeuse sans jamais s'y ternir.

Rentrée chez elle, elle fit appeler le père du Petit Monsieur, et lui signifia que si, dans une heure, le voile ne lui était pas rendu, elle ferait citer son fils devant les tribunaux.

Une heure après le voile lui fut rapporté.

– J'ai eu bien de la peine à le lui arracher, disait le père, il y tenait par excès d'amour, pardonnez-lui !

III

Malgré la guerre et la gloire, deux dépuratifs puissants, les Petits Messieurs se continuèrent, abrités sous le titre de Muscadins et de Mirliflors, durant le Consulat et l'Empire. Paris était devenu le centre du monde, et partant de toutes les corruptions.

À cette époque, le ministre de la police ***, faisant un jour visite à la princesse ****, un peu souffrante, trouva dans son boudoir un beau jeune homme, à la mise irréprochable, qui s'esquiva en entendant annoncer Son Excellence.

– Votre Altesse connaît le Monsieur qui vient de sortir ? dit le ministre après les compliments d'usage.

– Oui, répliqua la princesse en rougissant légèrement, je vous assure qu'il est du meilleur ton ; il me conte les plus amusantes histoires et me distrait beaucoup.

– Je puis en dire autant, repartit le ministre avec aplomb, car il est aussi de mon service secret.

Pendant la Restauration, les Petits Messieurs se dissimulent sous des dehors bienséants et néo-chrétiens ; ils hantent les églises, écrivent des élégies romantiques où Madeleine intervient ; ils tournent la tête des vieilles marquises qui les intronisent l'hiver dans leurs hôtels, l'été dans leurs châteaux : ils ont un aspect de catéchumènes vraiment édifiant.

Sous Louis-Philippe, ils furent en baisse ; l'élément bourgeois leur faisait tort. La bourgeoisie est trop laborieuse, trop honnête et trop peu prodigue pour se permettre le luxe des Petits Messieurs. Cependant la graine n'en pouvait périr sous une liberté mitigée par une foule d'accommodements peu moraux ; il faut, pour l'écraser, la pulvériser et la dissoudre à jamais, les grands coups de battoirs d'une liberté complète et triomphante. Les Petits Messieurs, à cette époque, revêtirent une livrée politique, une tenue de diplomates qui déjouèrent les plus clairvoyants.

Ils se sentirent enhardis et comme protégés, le jour où la fameuse phrase : – « Vous sentez-vous corrompus ? » retentit à la tribune.

– Parbleu non ! répliquèrent in petto les plus déterminés de l'espèce qui, cumulant l'emploi de secrétaires d'ambassade et de Petits Messieurs voyageurs, exploitaient de capitale en capitale des blondes fougueuses qu'attristaient quarante-cinq hivers, voire même celles que la cinquantaine désespérait.

S'élevant par degrés sur cette échelle qui n'est pas celle de Jacob, mais qui mène très-haut, une fois huchés sur l'échelon politique, le plus ostensible des échelons sociaux, les Petits Messieurs font peau neuve. Ils aspirent aux charges publiques : il n'en est pas de trop éclatante, pour l'ardeur de ces zélés convertis ; ils s'imposent au pouvoir par leur importunité, leur souplesse et par les services secrets de tout genre qu'imperturbablement ils sont prêts à rendre ; ils violent au besoin l'Occasion (cette bonne déesse) et la conjurent de les rasseoir dans le monde ; l'Occasion, soumise, offre pour récompense à leur régénération quelque riche héritière ; ils la charment, la conquièrent et l'épousent, sans prendre haleine.

À peine mariés, ils sollicitent l'estime publique, je veux dire officielle, ils ouvrent leur maison opulente, pleine de décorum et de luxe décent ; ils visent à la considération et l'obtiennent ; les consciences s'interrogent et les absolvent sans scrupule ! « Qu'est-ce que la conscience ? a dit Shakespeare, par la bouche d'un hardi viveur ; c'est un cor au pied que l'on coupe et que l'on ne sent plus après. »

Dans leur situation nouvelle, les Petits Messieurs ont d'ailleurs si bien dépouillé le vieil homme, qu'il s'est évanoui comme un fantôme impalpable. Qui donc peut prouver la première existence des ombres ? Qui donc se souvient de la larve d'où a surgi le papillon qui voltige ? Péchés de jeunesse ! incertains, problématiques !... murmurent à peine quelques-uns. D'ailleurs, était-ce bien vrai ? disent quelques autres. – Pures calomnies ! s'écrie le grand nombre.

Sûr du pardon et de l'oubli, l'essor se poursuit et s'avive ; le passé n'est plus qu'une brume ; on plane au-dessus, léger, superbe, d'un vol olympien.

Le jeu est hardi, périlleux, plein de péripéties effrayantes. Les femmes qui ont servi de marche-pied à des fortunes aussi fabuleuses sont les Euménides qui tentent parfois de les renverser !

On n'a pas oublié le drame curieux de ce Petit Monsieur d'un pays voisin, qui, aidé par l'amitié d'un landgrave, aujourd'hui détrôné, rejeta soudain sa chrysalide ; ses ailes avaient poussé, il les sentait frémir à tous les vents d'une ambition sans limites ; mais un fil d'or fatal et tenace le rivait encore aux mains d'une bienfaitrice obstinée. « Rompons le lien, dit l'audacieux, elle n'osera pas protester, se plaindre et affirmer publiquement ses faiblesses. » Elle osa, car en face de sa beauté ternie se dressait, pour la provoquer au défi, la fraîche beauté d'une fiancée qui prenait sa place. La vengeance au cœur, la parole brève, elle alla droit au protecteur de son greluchon envolé.

– Il me doit plusieurs millions, lui dit-elle, mes comptes sont en règle, les voici ; qu'il les paie ou je les publie.

Le prince paya pour éviter le scandale et se dit : Ce sont mes sujets qui payeront.

Le péril franchi, sur ce pont jeté entre lui et l'abîme d'une existence antérieure, l'heureux libéré ne connut plus d'obstacles. Sa vie eut un épanouissement prodigieux, comme ces belles fleurs aquatiques dont les racines plongent dans la vase bourbeuse et dont les larges corolles s'ouvrent au soleil et aux brises caressantes.

Son existence fut un éblouissement ; sa mort, une édification.

La bonne ville où il est né lui a décerné une statue.

IV

Ce grand coup du sort qui les avait couronnés dans l'un d'eux affola tous les Petits Messieurs ; mais dans cette fallacieuse carrière il y a beaucoup d'appelés, et peu d'élus. Comme les Petites Dames, leurs sœurs, la plupart des Petits Messieurs vivotent ; un très-petit nombre vit largement et parvient à toutes les transformations que la richesse procure. Les plus prudents, repus d'aventures et n'espérant plus rien des hasards, épousent de vieilles amours ; de protégés, ils deviennent alors protecteurs et maîtres. Consentir à cette mutation est la dernière et la plus lugubre folie que puisse commettre une femme.

La Bruyère peint en moraliste ému la situation :

« Ce n'est pas une honte, ni une faute à un jeune homme que d'épouser une femme avancée en âge ; c'est quelquefois prudence, c'est précaution. L'infamie est de se jouer de sa bienfaitrice, par des traitements indignes et qui lui découvrent qu'elle est la dupe d'un hypocrite et d'un ingrat. Si la fiction est excusable, c'est où il faut feindre l'amitié ; s'il est permis de tromper, c'est dans une occasion où il y aurait de la dureté à être sincère. Mais elle vit longtemps ? Aviez-vous stipulé qu'elle mourût après avoir signé votre fortune et l'acquit de toutes vos dettes ? N'a-t-elle plus, après ce grand ouvrage, qu'à retenir son haleine, qu'à prendre de l'opium ou de la aiguë ? A-t-elle tort de vivre ? Si même vous mourez avant celle dont vous aviez déjà réglé les funérailles, à qui vous destiniez la grosse sonnerie et les beaux ornements, en est-elle responsable ? »

Pour les femmes qui ont de la fierté, de la raison et de la pudeur, les Petits Messieurs sont sans péril ; elles savent renoncer à l'amour avant que l'amour ne les quitte : en vieillissant, l'amour maternel, l'affection de quelques amis, restés fidèles, suffisent à remplir leur cœur. Leurs petits enfants poussent et s'épanouissent comme des fleurs autour d'elles ; ils y répandent des gazouillements d'oiseaux. Aussi n'est-ce jamais aux mères de famille que s'adressent ces pourchasseurs d'intrigues vénales. La femme veuve ou divorcée, à qui la joie de la maternité a manqué, et qui, sans sauvegarde et sans contrôle, dispose de sa fortune ; voilà leur pâture : l'idéal des Petits Messieurs ambitieux sont les princesses russes qui, à l'exemple de leur souveraine bien-aimée et respectée, Catherine la Grande, gardent jusqu'à la tombe leur avidité de sensations printanières.

C'est dégradant et ignoble ! d'accord ; mais les Gérontes auprès des Petites Dames sont tout aussi dégradés et méprisables ; ils n'ont pas même l'excuse des illusions. Sachant tout d'abord à qui ils ont affaire, le marché est conclu, les gages réglés, dès la première entrevue.

Les Petits Messieurs, ne portant pas d'étiquette, n'affirmant jamais leur spéculation, soigneux d'en cacher et d'en nier la honte, s'insinuent doux et plaintifs comme des colombes auprès de celles dont ils veulent faire leur proie. Ils les séduisent par les côtés délicats.

Sortis des classes bien nées, ils savent comment il faut s'y prendre auprès des impures de haut rang ; ils leur soupirent leurs flatteries délurées sous forme de convictions morales et d'affinités attractives. Ce qu'ils cherchent auprès d'elles, disent-ils, c'est une amie, presque une mère, dont l'amour leur a manqué ; puis ils s'avouent invinciblement enlacés par les séductions imprévues d'un esprit expérimenté, d'un cœur qui a la science de la tendresse et du dévouement ; enfin, ils en viennent à proclamer l'attrait sans pareil d'une beauté expressive survivant à l'âge et le dominant. Leur passion éclate sous toutes les formes : elle est persuasive, éloquente, entraînante, car elle est réelle… oui, elle est réelle.

Chose inouïe ! La convoitise de la fortune leur prête les entraînements d'un véritable amour : une somme d'argent, un cheval, un bijou à obtenir aiguillonnent leur désir et le fait renaître comme s'ils étaient véritablement émus, séduits, subjugués ; ils ont des câlineries charmantes, et tout à fait naturelles, à tromper les princesses russes les plus exercées. Certes, les Gérontes n'ont jamais été à pareille fête auprès des Petites Dames ; elles n'y mettent pas tant de façon.

Une fois maîtres du terrain, c'est-à-dire maîtres de la personne, des secrets, de la considération, et surtout des revenus des grandes imprudentes qu'enivrent ces désastreux regains de l'amour, ils restent aimables, caressants, attentifs, mais à la condition tacite que les craintives dépossédées ne tenteront jamais de contrôler leurs caprices et leurs prodigalités, et certes, il n'est pas de Petites Dames qui en aient autant qu'eux ; ils en remontrent à celles-ci en fait de raffinements sensuels et d'appétits ruineux. Un de leurs vices est la passion du jeu ; leur soif naturelle de l'or les y excite. Cette émotion âpre et poignante met un hasard de plus dans leur vie d'aventures ; les coups rapides du lansquenet et du baccarat les enfièvrent ; tandis que celle dont ils vivent repose alanguie, ils courent les maisons de jeux clandestines, n'importe lesquelles ; experts en cartes bizeautées, ils préfèrent les tripots secrets aux cercles du grand monde. Gagnent-ils, leur Providence, sous forme de femme, l'ignore toujours ; perdent-ils, ils l'invoquent et la déterminent à les sauver du désespoir en payant pour eux.

Aux Eaux, ils l'entraînent à la roulette, ils la donnent en spectacle avec eux et la poussent d'un degré de plus dans l'avilissement.

Continuons la série des dîmes que prélèvent sans trêve les Petits Messieurs : il leur faut le plus beau cheval de selle pour leur promenade au bois, un poney-chaise pour leurs jours de lassitude au printemps, un coupé pour les temps pluvieux, des loges à tous les spectacles nouveaux, des invitations aux plus grandes fêtes, aux ambassades, à la cour ; ils exigent une chère exquise, des primeurs, des vins authentiques, les cigares que fument les rois. Leur chemisier, leur bottier, leur parfumeur sont les plus renommés de Paris.

La Bruyère a esquissé la toilette d'un Greluchon de son temps ; celle des Petits Messieurs la dépasse en recherches savantes, en art nuancé. Deux heures suffisent à peine pour ce pénible et fervent exercice. « Deux heures perdues ! deux heures frivoles ! » diront les travailleurs. Deux heures très-productives et très-sérieuses, pensent ces spéculateurs de leur être qui voient dans la durée de leur prestige une prospérité ascendante et certaine.

C'est d'abord un bain parfumé qui repose leur corps de la fatigue des nuits. Ils bouclent eux-mêmes leurs cheveux de crainte qu'une main maladroite ne les altère ; à les voir blanchir ou tomber, ils préféreraient la mort de leur mère ; à perdre leurs dents (chaque jour limées et épurées), l'incendie de Paris tout entier ; ils ne mettent pas de rouge, comme au temps de La Bruyère, mais un rose tendre presque invisible qui se fond sous la poudre de riz ; un pinceau enduit de fard indien arque leurs sourcils et allonge leurs cils ; un soupçon de vermillon fait refleurir leurs lèvres flétries.

Leur taille se cambre sous un gilet sanglé ; tous leurs vêtements moulent leur corps ; leur cou s'élance flexible d'un col et d'une cravate juvéniles ; leurs boutons de manchettes, leur chaîne, leur lorgnon et leur montre sont des chefs-d'œuvre d'orfévrerie ; une ou deux bagues, très-rares, brillent à leurs doigts blancs aux ongles effilés.

En Italie, depuis le robuste courrier Bergami qui fut publiquement le Greluchon d'une reine d'Angleterre, les Petits Messieurs ont abusé des bijoux et des breloques ; ils ont des anneaux plein les mains et trois rangs d'énormes chaînes dorées font un cliquetis sur leur poitrine. En France, ils sont plus sobres de clinquant ; mais ce qu'il leur faut absolument, à tout prix ! c'est un bout de ruban à leur boutonnière ; la Perse et l'Espagne y pourvoient, et même la principauté de Monaco. Une décoration implique des armes, un titre quelconque, une particule ; ils se font baron, quelquefois marquis ; ils s'octroient une généalogie imaginaire ; ils s'improvisent un blason, ils le couronnent d'une devise.

J'entrai un jour chez un graveur sur pierres dures pour y choisir un cachet ; j'y fus salué par un jeune homme élégant à qui le marchand remettait une bague armoriée : en quittant son gant pour essayer la bague, le jeune homme laissa voir un énorme diamant à son petit doigt. J'avais déjà vu quelque part ce monsieur-là, mais je ne me rappelais ni son nom ni où je l'avais rencontré. Lorsqu'il fut sorti, le graveur me dit :

– M. le baron Bloutard de Merville vient de me commander plusieurs objets d'art avec ses armes.

Ce nom de Bloutard réveilla mes souvenirs : j'avais trouvé un jour ce personnage chez lady *** qui le protégeait, il y avait de cela six mois ; il s'appelait alors Bloutard tout court. Je le remarquai durant ma visite à cause d'un petit colloque qui me révéla son genre de vie.

Suivant l'habitude de beaucoup de femmes anglaises, lady *** portait un grand nombre de bagues : elle avait ce jour-là à l'index un diamant de la plus belle eau. Le néophyte Bloutard en contemplait le rayon avec une fixité de regard qui me frappa.

« – J'ai eu en ma possession, dit-il tout à coup, d'un ton parfaitement naturel, un brillant aussi radieux que celui qui éclaire votre belle main, milady.

» – Oh ! répliqua la dame, celui-ci vaut trois cent livres.

» – Le mien en valait autant, repartit Bloutard ; ce souvenir me venait d'une femme aimée. J'ai dû le vendre dans un moment de détresse. »

À ces paroles du Petit Monsieur, je ne pus me défendre d'un mouvement de surprise méprisante. Il lut ma pensée sur mon visage ; il parut étonné de mon étonnement et reprit avec un aplomb enjoué : « Comme une des choses que les femmes aiment le plus au monde sont leurs bijoux, nous devons être très-flattés lorsqu'elles nous les donnent. C'est une preuve irrécusable de leur amour pour nous. »

Lady *** s'écria en riant : Il n'y a que les Français pour tourner si bien les choses délicates.

J'étais tentée de répliquer : Oui, les Français qui ont le cynisme des courtisanes.

Je sortis, laissant Bloutard avec milady. J'ignore si c'est ce jour-là qu'il obtint le diamant que je venais de revoir à son doigt. Le souvenir de cet incident me rendit curieuse de savoir quel blason le sieur Bloutard s'était composé : le graveur me le montra. Sur un fond d'azur, un vaisseau, toutes voiles déployées, cinglait au port, et pour exergue : Virtus omnia vincit. –

– Pourquoi ce navire ? demandai-je gaîment ?

– Je crois, répondit le graveur, que M. le baron Bloutard de Merville compte un amiral parmi ses ancêtres.

V

Chaque jour, sitôt qu'un Petit Monsieur a parfait sa toilette, il se hâte de sortir et de se montrer partout où il y a des femmes, des femmes riches s'entend, titrées ou non, mais désœuvrées, indolentes, ennuyées, étalant un luxe provoquant dans leur voiture ouverte ou dans une loge en évidence aux théâtres. Le Petit Monsieur est surtout à la piste des étrangères nouvellement arrivées dans une capitale. Lorgnon à l'œil, sourire aux lèvres, il interroge leur physionomie, soupçonne leurs sensations, et, par un fluide magnétique dont il se croit doué et qu'il exerce souvent, il finit par attirer leurs regards.

Même en présence de sa bienfaitrice du moment qui seule soutient son fragile édifice, il use de ce manège irréfrénable. Assis près d'elle à la promenade ou au spectacle, tandis qu'elle s'alarme de son air distrait, il est en quête de femmes qu'il ne connaît point. Non qu'il soit dégoûté de sa servitude actuelle, mais il rêve une livrée plus brillante, une domesticité ascendante. C'est un chien coureur toujours en haleine. S'il est tenu en laisse par une bourgeoise, il prétend au joug d'une marquise ; si la marquise se l'attache, il aspire aux chaînes d'une princesse ; l'Altesse le pousse vers les Majestés ; au temps de l'Olympe, il aurait pourchassé les déesses.

Tant qu'il cherche et qu'il n'a pas trouvé, il ménage le lien qu'il veut rompre ; mais, sitôt que son rêve nouveau prend un corps, qu'il est certain tain du succès, qu'il l'étreint de ses mains rapaces, oh ! alors sa férocité éclate. Il se rit des larmes et de la colère, de la douleur et des anathèmes ; tout appel à des souvenirs émus l'importune ; dût-il broyer sous ses pieds le sein qui l'abrita, il ira de l'avant. Il surpassera en cruauté froide et en ardeur calculée de toutes les jouissances de la matière les Césars antiques.

Je l'ai dit, il est peu de triomphateurs dans cette carrière fangeuse ; la plupart des Petits Messieurs ne le sont qu'à demi ; ce n'est pas la vocation qui leur manque pour l'être complètement. Notre temps est fort corrompu, mais il est tout aussi incertain. Chacun a peur des éventualités de l'agio. Les passions ont pour correctif les intérêts. Les femmes elles-mêmes calculent ; elles additionnent leurs dividendes, redoutent de se ruiner, réglementent leurs faiblesses, les satisfont sans prodigalité et s'en tiennent à un taux fixe. Les Petits Messieurs, pingres et frileux, louvoient tristement dans ces eaux stagnantes qui ne se répandent jamais à flots ; l'impossibilité d'atteindre à des sources meilleures et plus abondantes, mâte les récalcitrants ; la nécessité les rend fidèles.

VI

Marthise est la veuve d'un pair de France ; sa fortune est considérable ; elle tient ce qu'on appelle un grand train de maison. Elle aime depuis dix ans Aurélien, un orphelin, un déclassé ; elle a voulu qu'il fût écrivain et qu'il gagnât (dans quelques journaux où elle l'a introduit), assez d'argent pour payer son tailleur et son logis fort coquet qu'elle a meublé elle-même ; elle lui donne des livres et des gravures. Elle lui offre, comme ferait une mère, un bijou ou un objet d'art pour sa fête et pour le premier de l'an ; elle l'a conduit tour à tour en Italie, en Suisse et sur les bords du Rhin ; elle verse ces douceurs sur sa vie en doses régulières, rares et restreintes. On sent en elle la ménagère économe et rangée. Aurélien se soumet à cette discipline qu'il a tenté vainement d'enfreindre ; il est à l'affût des circonstances pour faire des brèches au mur chinois qui l'enserre, il compte sur l'âge sénile et peut-être sur l'héritage. Il sait gré à Marthise de sauvegarder ce qu'il nomme sa dignité ; il n'est pas sa chose ; il est libre, il vit de son travail, il est honoré ! Son amour est sans alliage, indépendant, désintéressé ; s'il aime Marthise, c'est qu'elle lui plaît et qu'elle est préférable à toute autre.

Il disait un jour à un poète satirique de sa connaissance : « Balzac l'avait pressenti et d'autres l'ont proclamé ; il n'y a de désirable que les femmes de cinquante ans ! pour moi, je ne saurais les aimer plus jeunes.

» – En ce cas-là, aimez-les pauvres, si vous voulez qu'on croie à la vérité de votre amour, répliqua ironiquement le poëte. »

Malheur à la bourgeoise ou à la femme artiste, vivant de peu ou de son labeur, qui se permet d'imiter Marthise. Ne pouvant, comme elle, donner le superflu, elle est contrainte de donner le nécessaire à celui auquel elle rive sa vie. Si c'est une humble bourgeoise, son épargne y passe, et bientôt elle est sur la paille. Si c'est une femme artiste, elle est forcée à un double travail pour nourrir son Petit Monsieur. Elle doit se refuser une robe pour qu'il ait un habit, se priver d'un chapeau pour qu'il aille en voiture, boire de l'eau pour lui fournir des vins fins et des liqueurs.

Tandis qu'elle court le cachet par les matinées glaciales, il reste endormi et dorlote sa paresse. À l'heure où elle prépare elle-même le dîner qu'il viendra partager, il se promène en fumant, puis savoure au café le verre d'absinthe qui le mettra en appétit.

Quelques mois après la Révolution de février, j'allai un jour d'été faire une visite à Auteuil à, une maîtresse de musique. C'était une courageuse femme à qui j'avais procuré quelques leçons.

Je la trouvai toute en larmes dans l'étroit jardin du petit chalet qu'elle avait loué pour la saison. Je savais sa faiblesse pour un joueur de violon sans emploi ; je devinai qu'il était la cause de son chagrin ; elle me fit l'aveu d'une action infâme qu'il avait commise ; trois jours s'étaient passés depuis qu'il était venu pour la dernière fois déjeuner avec elle. La veille, elle avait reçu un billet de cinq cents francs, prix d'un mois de leçons données à deux jeunes Anglaises : c'était tout ce qu'elle possédait, car, le jour précédent, son dernier écu avait été emporté par le violoniste.

Lorsqu'elle voulut, ce matin-là, payer les dépenses de la journée avec son billet, elle ne put le changer à Auteuil.

On sait la dépréciation des billets de banque qui se produisit à cette époque ; il était impossible dans toute la banlieue d'échanger un billet contre de l'argent. Tandis qu'il déjeunait, elle dit son embarras au drôle qu'elle défrayait ; il s'offrit d'aller à Paris changer le billet ; il devait revenir deux heures après avec l'argent. – Il ne revint pas.

Comme elle se lamentait en me racontant ce fait avilissant, l'enfant de son jardinier, une petite fille déguenillée de quatre à cinq ans, vint lui offrir un bouquet de roses.

– Croyez-moi, dis-je à la pauvre artiste qui pleurait d'humiliation, peut-être d'amour, tout en caressant l'enfant, si vous avez besoin d'aimer et de protéger quelqu'un, adoptez cette petite fille et élevez-la vous-même ; elle occupera vos heures de solitude et remplira le vide de votre bon cœur. Mais, par respect de vous-même, ne revoyez jamais ce Petit Monsieur et tenez à distance ses pareils.

Une autre femme artiste m'a raconté gaiement comment elle fut sauvée à temps des griffes d'un Petit Monsieur. Celui-ci était un Polonais affectant de porter le deuil de sa fière et malheureuse patrie, mais n'étalant en réalité que les souffrances de sa vanité qu'humiliaient les privations de l'exil. Au lieu d'imiter ses courageux compagnons de proscription qui, par un travail sans trêve, ennoblissaient encore leur noble infortune et payaient à la France son hospitalité en lui donnant l'exemple des vertus privées et d'un patriotisme énergique, base des vertus publiques, notre Polonais Petit Monsieur, demandait à l'intrigue et à des amours frelatées de quoi soutenir le rang de ses ancêtres dont il parlait toujours.

Toutes les longues émigrations ont eu de ces écumes-là ; si on écrivait l'histoire des émigrés français, on trouverait parmi eux, à côté de vrais chevaliers, plus d'un chevalier d'industrie. Avant l'indépendance italienne, on a vu, mêlés à ses plus nobles enfants, qui erraient dans toutes les parties du monde, des traîtres et des infâmes ; chaque gloire a son ombre, chaque malheur a son ironie.

Le Polonais en question était comme un froissement perpétuel pour ses irréprochables compatriotes : il se croyait un grand génie, et comme tous ceux qui affirment si résolûment leur génie, il n'avait pas même du talent.

Sa prétention était de ressembler aux artistes de la Renaissance et d'être à la fois peintre, musicien et poëte ; il rimait en vers français des élégies pour toutes les femmes ; leur roucoulait des romances, réminiscences des opéras nouveaux, et esquissait leurs portraits où elles ne se reconnaissaient jamais. Coureur de coulisses, il ne put y réussir parce qu'il était pauvre ; il se retrancha dans les salons et dans les ateliers ; il se faisait entendre dans les concerts privés et, sous prétexte de faire des copies, qui n'arrivaient pas même à l'état d'ébauche, il s'installait ou plutôt se promenait chaque jour dans les galeries du Louvre.

Sa mise attirait les regards ; il portait en toute saison un gilet blanc, des cravates de couleurs tendres, et une fleur à sa boutonnière. C'était en somme ce qu'on appelle un bellâtre ; sa tête régulière n'avait aucune physionomie.

Deux femmes artistes venaient chaque jour peindre au Louvre à l'époque où il s'y pavanait. Leur distinction et leur maintien décent les faisaient remarquer ; elles étaient encore belles, mais d'une beauté touchant à sa fin. L'une, veuve et sans enfants, avait quarante ans ; l'autre, qui n'avait jamais été mariée, dépassait de cinq ans la trentaine.

Assidues, laborieuses, possédant un pinceau vigoureux, elles étaient arrivées à force de zèle à reproduire les chefs-d'œuvre des maîtres d'une façon assez remarquable. Elles devaient à ce labeur une sorte de bien-être ; leur toilette était toujours fraîche et seyante, leur intérieur élégant mais vide d'émotions ; elles y rêvaient un de ces tourmenteurs de la femme, être toujours désiré, attendu et choyé par elle, bien qu'il leur apporte la douleur.

Le Polonais s'était renseigné sur la situation des deux gracieuses artistes ; il les trouva de bonne prise et dressa aussitôt ses batteries. Faire coup double lui parut une idée magistrale. Les deux femmes ne travaillaient pas dans la même salle. La veuve copiait un Murillo, la vieille fille un Raphaël. Il lia connaissance avec elles en leur inspirant à chacune une secourable pitié. Pâle, souffrant de ses vanités rentrées, il toussait beaucoup un jour d'hiver ; la veuve, dont il admirait en ce moment la copie, lui offrit des pastilles ; il lui fit visite le lendemain. Il lui parla de son dépérissement, de sa mort prochaine loin de son pays, sans famille, sans possibilité de soutenir ses jours défaillants ; elle s'attendrit, et, comme elle était vraiment bonne, elle voulut lui faire un peu de bien. Les femmes, en pareil cas, deviennent volontiers sœurs de charité. La veuve envoya au pauvre exilé des gilets de flanelle, un grand fauteuil moëlleux, un tapis bien chaud, et donna ordre qu'on lui portât du lait d'ânesse tous les matins. Bientôt elle lui prêta de l'argent afin qu'il suspendît ses travaux et ne songeât plus qu'à guérir. Ils n'en étaient pourtant ensemble qu'aux préliminaires de l'intimité ; chaque jour il lui faisait visite, à six heures dînait avec elle, et la quittait à huit heures pour aller se reposer, disait-il, et la revoir en songe.

Il payait en stances amoureuses et en dédicaces de fades mélodies, les dons plus positifs qu'il recevait d'elle. Elle ne trouvait pas ses vers très bons ; elle jugeait sa musique un peu faible, mais l'amour qui s'y révélait la rendait indulgente.

Quoiqu'elles se fussent souvent rencontrées dans les salles et dans l'escalier du Louvre, la veuve et la vieille fille n'avaient pas lié connaissance ; elles se saluaient en passant, mais sans se parler.

Un jour, par un très-grand froid, tandis que la veuve peignait, elle vit paraître le Polonais ; elle eut un petit mouvement de surprise ; car il ne venait plus dans les galeries depuis qu'elle le dorlotait ; elle le gronda tendrement d'être sorti par un temps rigoureux.

Il répliqua qu'il préférait gagner une bronchite que de passer un seul jour sans la voir. Un de ses amis d'enfance venait d'arriver de Cracovie, il lui avait demandé à dîner, il lui prendrait toute sa soirée, il lui volerait ses heures de bonheur. Désespéré de ce contre-temps, ajouta-t-il, il avait voulu la prévenir et la contempler un moment ; ceci dit, sans lui donner le temps de répondre, il lui adressa les éloges les plus exagérés sur une tête d'ange qu'elle venait de terminer, baisa sa main et s'éloigna.

La veuve, mécontente de ce brusque départ, attristée à l'avance du dîner solitaire qu'elle ferait, ne se sentant plus disposée à travailler, rangea vivement ses pinceaux et son chevalet et sortit derrière le fugitif. Comme elle allait traverser la salle où peignait la vieille fille, elle vit auprès d'elle le Polonais ; il baisait en ce moment sa main avec autant de ferveur qu'il venait de baiser la main de l'autre. – À ce soir six heures, j'ai la loge, dit-il assez haut pour être entendu de la veuve, qui s'était approchée sans qu'il l'aperçût ; puis il disparut dans l'enfilade des salles.

La veuve, en personne intelligente et résolue, alla droit à la vieille fille radieuse ; elle la salua sans colère, d'une façon tout amicale et lui dit en souriant :

– Vous connaissez le comte G…ki ?

– Mais, madame, répliqua l'autre qui devint toute rouge, vous le savez bien, puisque sans doute vous venez de voir qu'il me parlait.

– J'ai même vu, répliqua la veuve, qu'il a baisé votre main comme il a baisé la mienne il y a dix minutes.

La pauvre fille effarée regardait la veuve qui riait.

– Prenez donc confiance, continua celle-ci, je n'ai pas l'air d'une rivale irritée ; voilà près de deux ans que nous nous voyons presque chaque jour travaillant à l'envi et luttant de fatigue et de courage. Nous prêter mutuellement assistance dans un moment de péril m'a semblé tout naturel.

– Quel péril ? murmura l'autre, indécise.

– Comme vous hésiteriez à me faire des aveux, reprit la veuve, c'est moi qui commencerai. Montons en voiture et venez chez moi, nous causerons en route.

– Mais il va m'attendre, répliqua la vieille fille attristée ; il m'a donné rendez-vous pour six heures, nous devions dîner ensemble.

– Je le sais bien, continua la veuve, vous être le Cracovien qui l'empêchait de dîner aujourd'hui chez moi.

– Oh ! madame, est-ce possible ? quelle découverte… Mais, ne devrais-je pas le prévenir ?

– Vous serez libre de le rejoindre après m'avoir entendue ; et la veuve, prenant sous son bras la pauvre amoureuse toute frissonnante, l'entraîna hors du Louvre.

Lorsqu'elles furent en voiture, la veuve reprit :

– Voilà six mois qu'il m'a fait sa première déclaration dans une pièce de vers.

– Voilà six mois également, s'écria la vieille fille, qu'il m'avoua qu'il m'aimait en m'envoyant une élégie et un camélia.

– J'oubliais la fleur, riposta la veuve ; mais un œillet accompagnait aussi sa poésie. Depuis cette déclaration galante, il dînait chaque jour chez moi, et il y restait jusqu'à huit heures.

– À huit heures un quart, repartit l'autre, qui commençait à sourire, il venait chez moi ; nous soupions à dix et il ne s'en allait qu'à minuit.

– Le croyant malade, reprit la veuve, je lui envoyais du lait d'ânesse, des vêtements chauds, des gâteries maternelles.

– Tremblante pour sa poitrine, poursuivit la tendre fille égayée, je faisais porter chez lui des bouteilles d'Eaux Bonnes, du vin de bordeaux et des sirops ; j'ai donné l'ordre à mon tapissier de capitonner sa chambre.

– Et moi, répondit la veuve, d'y poser un tapis et des portières.

– Je n'ai pas voulu qu'il se fatiguât à travailler, reprit l'autre ; plus forte et plus vaillante que lui, j'ai travaillé pour deux.

– J'ai partagé avec notre adoré en partie double, le prix de mon dernier tableau, dit la veuve.

– Ah ! ah ! ma chère, exclama la vieille fille, ceci dépasse toute prévision.

– On ne peut prévoir, répondit la veuve sous forme de sentence, la profondeur de l'astuce et l'ampleur de la tromperie ; en amour la perversité n'a pas de limite.

Tout en se faisant l'une à l'autre ces étourdissantes révélations, elles étaient arrivées au logis de la veuve. En traversant la salle à manger, la vieille fille vit deux couverts à la table dressée.

– Vous prendrez sa place, lui dit la veuve, nous dînerons ensemble, ma chère, et nous boirons à notre délivrance.

– Volontiers, repartit l'autre, je ne veux jamais le revoir.

– Après le dîner nous lui donnerons son congé, si vous m'en croyez, par deux lettres identiques comme les tendresses qu'il nous adressait, ajouta la veuve. Puis ouvrant un tiroir-elle en tira une foule de petits papiers roses et vert-céladon, où des stances étaient alignées.

– Ce sont les mêmes ! les mêmes ! s'écria la vieille fille ébahie, mot pour mot ! les mêmes qu'il m'a dédiées ; sauf la variante en tête du titre de Mademoiselle au lieu de Madame.

– Ce soir je vous accompagnerai chez vous et vous me montrerez vos duplicata, repartit la veuve. En disant ces mots elle froissait les élégies et les jetait au feu.

L'ironie ayant aiguisé leur appétit, les deux nouvelles amies dînèrent copieusement et gaîment ; puis, tout à fait raffermies, elles écrivirent en termes très-nets deux billets semblables qui signifiaient un double congé au Petit Monsieur.

Transpercé dans sa vanité, celui-ci ne sut comment se débattre ; soupçonnant l'entente cordiale des deux femmes, il ne tenta pas une explication ; mais il eut la malheureuse idée d'essayer de les dérouter une dernière fois par un simulacre de désintéressement théâtral.

Leur renvoyer leurs souvenirs d'amour, il n'y songea pas un moment ; c'étaient des gages de leur tendre faiblesse qui attestaient son irrésistible attraction et dont elles n'oseraient pas parler ; mais les sommes d'argent qu'il avait toujours feint de n'accepter qu'à titre de prêt amical, troublaient la sécurité de sa honte. Une rencontre fortuite pouvait le mettre face à face avec ses deux bienfaitrices, et il suffisait d'un mot dit par elles devant témoins pour anéantir l'échafaudage de sa factice dignité. Espérant conjurer ce péril par un expédient inouï, il écrivit le même jour aux deux femmes que :

« Connaissant leur, profonde sympathie pour la Pologne et craignant de les offenser en leur remboursant l'argent qu'elles lui avaient prêté comme à un fils malheureux, il avait versé intégralement cet argent dans la caisse de secours de l'émigration polonaise, destinée à assister ses frères d'exil plus pauvres que lui. »

La lettre existe ; la veuve me l'a montrée, en me racontant cette histoire.

Les deux femmes n'y répondirent qu'un mot :

– Publiez ce don dans les journaux.

Comment sortir de ce dilemme ? Il n'en sortit pas.

VII

Lorsque les Petits Messieurs n'ont pas prospéré à quarante ans et n'ont pas pris rang parmi les absous du monde officiel, c'en est fait d'eux ; la société les repousse. Flétris, malsains, l'âme gangrenée, ils s'enfoncent dans les régions souterraines. Ces brillants oiseaux de passage, devenus méconnaissables et déplumés, vont s'abattre dans tous les lieux ténébreux ; ils se chargent de la corruption et de la vente des vierges pauvres à tant par tête ; ils deviennent les croupiers et les grecs émérites des plus vils tripots clandestins, ils fourmillent dans les polices secrètes où on les emploie de préférence pour les guets-apens, les secrets à violer, les lettres à soustraire ; tous les espionnages obséquieux.

Ceux d'entre eux qui ont une pointe d'esprit osent tenter la littérature ; ils y échouent immanquablement ; ils se font commis de la Censure ou croassent obscurs et méprisés dans le bourbier des folliculaires. Si une vie pure est diffamée, soyez certains que c'est par leur plume putride et crottée ; ils frappent à tant la ligne comme autre fois les bravi tant le coup de poignard.

Comment balayer ces immondices et en rendre le retour impossible ? C'est l'œuvre des institutions, mais c'est aussi l'œuvre des mères.

Lorsqu'une liberté et une égalité véritables auront mis au rang qui lui est dû la démocratie qui travaille, aucun des labeurs de Partisan et du cultivateur ne sera plus dédaigné par les esprits éclairés. Des hommes de cœur naîtront qui s'étonneront de nos fausses délicatesses ; ils prêteront, souriants et résolus, leurs mains à la charrue, à la lime, à la truelle, plutôt que de les souiller dans les boues sociales qui nous éclaboussent.

C'est aux mères à former leurs fils aux austères doctrines, seules garanties d'une intègre et saine morale dans la famille et dans l'État.

Une duchesse ayant un jour, en présence d'un vieux serviteur, réprimandé son fils qui vivait aux dépens d'une danseuse, le Petit Monsieur s'indigna de l'humiliation qu'il venait de subir devant un inférieur.

– J'atteste Dieu, lui dit sa mère, que j'aimerais mieux vous voir faire le métier de ce brave homme que le métier que vous faites.

Oui, oui, un métier honnête, laborieux, courbant le corps s'il le faut, mais laissant l'âme droite et haute ! Les mains calleuses, mais nettes d'infamie ! La tête fléchissant sous les fardeaux, mais ne s'abaissant pas sous la honte ! Plus d'oripeaux, plus de clinquant, plus de blason, de titres et de décorations d'emprunt, plus de travestissements imposteurs, mais toutes les distinctions réelles d'une probité et d'une vertu évidentes ! Le jeûne du corps, mais la nourriture incessante de l'âme !

Voilà ce que nous devons prêcher dès l'enfance à nos fils, en veillant attentives sur l'éclosion de leur conscience. Pas de défaillance, pas de compromis avec les mollesses du temps ; le mal est flagrant, la contagion se propage et semble alourdir toute une génération inactive. Pense ! agis ! travaille ! aime ! doivent lui crier toutes les voix des mères vaillantes ; sois utile, libre, fière et courageuse ! tu te purifieras et tu deviendras féconde : comme les marais s'assainissent sous la pompe qui absorbe leur bourbe, comme les terres se fertilisent sous la herse qui les défonce.

En terminant cette esquisse, dont l'histoire qui suit est le développement, qu'on me permette une réflexion : Peut-être est-il bien que la satire des Petits Messieurs ait été tracée par une plume de femme ; elle y a couru plus émue et en même temps plus dégagée de ces ménagements infinis que les hommes observent un peu trop les uns envers les autres.

DANAË MALE

I

La généreuse République de février, qui ne commit ni une proscription ni une vengeance, ne put développer les purs et fiers principes sur lesquels elle s'était fondée. On ne lui laissa pas le temps de vivre. Le grand souffle qui l'avait produite ne pénétra pas assez profondément la France pour nettoyer les âmes et relever les caractères. La République eut ses faux frères, corrompus, amollis, imbus des vices de cour ; ses indifférents en morale et en philosophie, pratiquant les ménagements les plus tendres pour toutes les souillures qui dissolvent l'âme d'un peuple.

En violant l'intégrité et l'austérité, ils violaient d'avance la République. Ils la confessaient par leurs paroles et la trahissaient par leurs actes. Sans convictions, sans doctrines arrêtées, ils faisaient bénir par des prêtres les arbres de la liberté et se disaient libres penseurs ! ils continuaient dans la vie privée la profanation de l'amour, les turpitudes des anciennes monarchies, et ils prêchaient aux peuples de mâles vertus ! Avant d'être tribun, il faut se purifier soi-même. La République est en droit de demander à tout citoyen : « Comment et de quoi vis-tu ? »

Paris n'a pas oublié un de ces adeptes compromettants de notre jeune et pure République qui, trop confiante et trop magnanime, accepta tous les cris d'adhésion sans bien savoir de quelles poitrines ils sortaient.

Paul, à trente ans, était resté obscur dans les lettres, quoiqu'il se proclamât poëte et chantât l'amour aux pieds du crucifix, dans les cimetières et dans les catacombes. Il donnait aux femmes, que ses vers célébraient, la forme des anges (il les avait vus apparemment !) et entre ses aspirations célestes et ses convoitises, il faisait toujours intervenir ce Dieu romantique dont on a tant abusé depuis Mme de Krudner, qui se plaisait à l'invoquer dans les moments où les courtisanes d'Italie voilent leur madone.

Paul avait le physique de son emploi : il était frêle, petit et très-pâle ; la pauvreté l'avait réduit dans sa première jeunesse à un régime pythagoricien ; il couvait en secret tous les instincts, forcément refoulés, de luxe, de bonne chère, de sensualité et de paresse. On ne se méfie pas assez de ces chétifs rêveurs. Ses rimes amoureuses ne l'ayant pas tiré de son obscurité ni de sa misère, il tenta les hasards de l'amour pratique. Il savait ce qui lui manquait pour être désirable et entraînant ; mais il savait aussi de quelles vagues chimères les femmes se repaissent dans le tourment du veuvage, ou d'un mariage incompatible, ou d'un long célibat ; il avait observé la largeur sentimentale et les dehors d'idéal trompé dont les femmes revêtent pour la plupart l'inquiétude de leur isolement. Un homme plus beau, plus vivant et plus fort eût effarouché ces aspirations inavouées qu'on doit deviner et satisfaire délicatement, par insinuation et par degrés. Tel est l'amour qui plaît aux femmes, mûries dans une société factice.

L'assaut implique l'énergie dans l'assaillant et dans l'assailli ; la force est de rigueur pour la résistance. Ce qui est faible cède toujours, mais s'ingénie aux formes de la contrainte.

Si vous voulez franchir un mont, vos pieds s'appuient avec résolution. Si vous marchez sur de la glace ou sur une grève, vos pas se font légers et indécis de peur de choir. Paul flairait les femmes maladives qui ne veulent pas être brusquées dans leur défaite.

La nature, fi donc ! respect à l'art des longs préliminaires.

La pacotille lentement amassée de ses vers érotico-chrétiens défraya les premiers aveux : lui aussi avait souffert, gémi, pleuré, sans trouver l'âme sœur de son âme.

La femme oisive d'un homme d'affaires se laissa enivrer par cette musique creuse ; l'époux la délaissait pour des spéculations ; mais le barde amant serait tout à elle. Naples, Sorrente, Ischia, Procida, ces doux rivages où le chantre d'Évire a aimé, deviendraient avec Paul le paradis délectable où s'abriterait leur céleste adultère.

Paul enleva soudain la dame en feignant de se laisser enlever. Leurs pérégrinations commencèrent.

Soit que les ferments du Vésuve et les flammes du ciel de Naples influassent sur la complexion de la Parisienne, soit que la comparaison avec les Italiens, qui sont fort beaux, fit évanouir le prestige du grêle amoureux, il ne tarda pas à mécontenter la dame plus encore que n'avait fait son mari.

Il était trop froid pour ces nuits d'ivresse, pour ces chaudes nuits du golfe étoilé.

Un héros d'intrigues parisiennes est dépaysé en pleine nature ; ce n'est plus qu'une marionnette de l'amour. La grandeur, la beauté, la force des éléments le pulvérisent. Puis la dame, affriandée par cette vie en plein soleil, et embrassant du cœur la liberté pour tout l'avenir de sa jeunesse, fut effrayée par un abîme : seule, elle pouvait vivre opulente et sereine, mais la vie à deux vidait sa bourse ; c'était le tonneau des Danaïdes qu'elle remplissait sans trêve et que Paul mettait à sec. Ce pâle contemplateur avait des avidités de Titan.

Elle lui signifia un matin son congé, après s'être endormie dépitée aux sons d'une barcarolle qu'il chantait sur la terrasse de sa chambre. La chambre fut close à jamais pour cet imprudent langoureux ; ses plaintes et son désespoir n'émurent que les échos de la plage : il dut partir sur l'injonction d'une lettre.

Il revint piteusement à Paris pour y chercher une consolation ; il y trouva un coup d'épée du mari. – Bienfaisante épée ! ce fut l'instrument de sa fortune.

II

Un des amis de Paul, Élie Verdier, avait longtemps lutté et pâti comme lui ; avec plus d'énergie et de talent, un aspect très-noble, il avait en vain cherché jusqu'à quarante ans une issue à sa pauvreté. Ses tentatives infructueuses auprès des femmes n'avaient fait que resserrer le cercle de sa misère.

Faire le siége d'une femme du monde exige pour réussir une mise de fonds préalable. Des riens ruineux, chaque jour indispensables, vident bien vite la poche d'un pauvre diable, où à peine quelques pièces blanches se heurtent à de gros sous. On ne peut arriver en habit râpé chez une élégante qu'on convoite ; il faut des gilets neufs, des cravates fraîches, des bottes et des gants irréprochables.

À l'époque où Élie atteignait la quarantaine, la mode était aux gants paille. Un dandy, fût-il émérite, en portait même en plein jour, ce qui signifiait deux paires de gants quotidiennes : une paire pour les visites de l'après-midi, et une autre paire (au moins) pour le soir. Au prix que coûtaient les gants Jouvin, c'était grave. Aussi personne ne fut étonné qu'Élie, qui caracolait depuis vingt ans dans les salons, dût un compte de trente mille francs au fameux gantier. Cette somme paraît énorme à qui l'additionne légèrement ; mais un calculateur exact l'eût déclarée insuffisante, car il s'agissait d'un total de douze à quatorze mille paires de gants à quatre francs la paire.

Il était évident que le marchand avait fait des remises ou qu'Élie avait eu dans sa vie de fashion des intervalles de misanthropie, de voyages et de labeurs forcés. La facture était donc modérée, mais, hélas ! ce n'était pas la seule : tous les détails que nécessite l'équipement complet d'un coureur de boudoirs avaient été fournis depuis longtemps à crédit à ce pauvre Élie s'essoufflant en vain à pourchasser une heureuse chance. Ses créanciers perdaient patience ; l'échafaudage de son luxe extérieur craquait de toute part, et lui-même, malgré sa contenance assurée, trahissait dans toute sa personne un affaiblissement anticipé, une débilité précoce.

Les privations l'avaient prématurément vieilli et fatalement engourdi : il était blanc et froid comme un glacier suisse. Pourtant, s'efforçant toujours de sourire et de plaire, il dardait les derniers rayons de son œil éteint sous un lorgnon magnétique. Il sentait qu'il n'y avait pas une minute à perdre pour conjurer un suprême naufrage.

Sa planche de salut fut Béatrix, une fille sèche de trente-huit ans, imbue de romantisme éclectique et de faux bel esprit, héritière en perspective d'une fortune énorme.

Elle avait rêvé, appelé, poursuivi depuis sa majorité un mari d'un nom célèbre. Le plus illustre de nos astronomes, le plus fougueux de nos orateurs, le plus bruyant de nos romanciers, furent tour à tour les fiancés de ses songes. Déçue dans ses espérances d'union éclatante, son désir se rabattit sur les renommées secondaires. Il lui fallait à tout prix un homme en quête de publicité, un aspirant à la gloire. Elle croyait aux génies méconnus, qui n'attendent pour planer que le souffle d'une femme. Elle serait cette impulsion triomphale, ce gaz du ballon qui le soulève vers l'infini.

Aussitôt qu'Élie connut Béatrix, il se dit : Je serai son Dante. Elle me fera sortir des cercles de l'enfer, peuplé par ces diables de créanciers qui me torturent à toute heure et m'épouvantent de la contrainte par corps. Elle m'ouvrira les portes d'un paradis positif dont jusqu'ici je n'ai vu que le mirage.

Il soupira près de Béatrix, il redoubla de gants paille, de vêtements élégants, de parfumerie réparatrice, de langage précieux, de philosophie sentimentale, d'évocations attractives, de dissertations sur les grands hommes toujours niés de leur vivant ; il exhiba des certificats de génie que lui avaient décernés quelques amis ; il parla de son dédain du succès, entremetteur des intelligences vulgaires.

Nerveuse, irritée, alanguie par l'attente, Béatrix, que les gloires rayonnantes avaient dédaignée, s'éprit de cette gloire crépusculaire.

Elle se dit que le monde était aveugle et laissait tomber ses couronnes, non sur le front rêveur des inspirés, mais sur le chef hardi des intrigants. D'une idée juste elle fit une application illusoire ; car Béatrix n'était pas de force à discerner un corps d'une ombre.

Saisissant au vol ses regards émus, ses sourires de vierge éplorée et ses tendres murmures, Élie ne lui donna pas le temps de se reconnaître.

– Vous m'aimez, s'écria-t-il, vous êtes ma muse, ma vraie Béatrix, et moi votre Alighieri.

– Oh ! oui, dit-elle, j'aurai fait un poëte !

Cette prétention quintessenciée tourna le cerveau de la pâle fille.

Élie l'enveloppa des vagues nuées où depuis quinze ans se perdait la raison de la précieuse. Craignant le heurt d'un Chrysale, qui aurait pu crever ces brumes, il lui fit signer leurs fiançailles comme un double pacte d'amour et d'idéal, puis il l'emmena en Amérique, où ils célébrèrent un mariage d'outre mer bien et dûment légalisé, mais ayant cette saveur de mystère et ce parfum frelaté de roman qu'une vierge de trente-huit ans est orgueilleuse de savourer.

Leur lune de miel durait encore, ou plutôt ne s'était pas levée, lorsqu'ils revinrent à Paris ; ils n'avaient en que d'impalpables étreintes, que des enlacements d'âme à âme dont l'Océan fut le chaste témoin.

L'épouse d'un génie méconnu resta aussi frêle et aussi blême qu'elle l'avait été durant sa longue quête d'un mari célèbre. Ceux qui la revoyaient se demandaient : Elle est heureuse ? Elle l'était apparemment, c'est-à-dire en apparence ; car, ainsi que la chaste Bérénice, Béatrix, transformée en étoile, décrivait ses mièvres évolutions et lançait ses petits rayonnements dans une sphère de beaux esprits. Élie, comme le prophète son patron, était remonté dans son char aux essieux d'or, au timon d'argent. Plus de créanciers implacables, plus de libraires rébarbatifs, plus de directeurs de revues dédaigneux. Les marchands lui offraient un crédit illimité. Élie publiait volume sur volume, son nom retentissait dans toute la presse. Il créait lui-même des journaux où Béatrix essayait ses instincts littéraires. Comme c'était elle qui faisait rouler le char, il était bien juste qu'elle y montât ; sa dot graissait les roues. Dot énorme, qu'alimentait sans cesse la mort de quelque vieux parent.

Elle avait rêvé de ressusciter le salon des Geoffrin et des Du Deffand, voire même de rivaliser avec celui de l'Abbaye au Bois.

Mais, pour former un de ces centres d'esprit, il ne suffit pas de la fortune ; pour être la clef de voûte de ces pierres glissantes et fragiles, les superposer, les joindre et les assimiler sans qu'elles se heurtent et se brisent, il faut réunir la grâce à la bonté et à une imagination toujours en haleine ; avoir pour chacun le mot juste qui charme ; un art exquis, des soins variés, des ménagements infinis, et satisfaire tous les amours-propres rivaux. Mme Récamier excella dans cette gymnastique intelligente.

Béatrix avait un esprit pointu qui blessait quand elle voulait caresser ; les paroles aimables qu'elle s'efforçait de distiller comme une liqueur savoureuse tournaient dans sa bouche en vinaigre. On sentait en elle une humeur persistante de vieille fille, trahissant les mécomptes secrets de son cœur mal assis.

Quoiqu'elle se fût mariée pour épouser une renommée, aider à la glorification d'un nom et lancer un génie incompris, elle avait sans doute rêvé autre chose ; mais lorsqu'après un au de mariage, elle n'eut pas vu poindre le plus petit fœtus d'héritier, son humeur devint agressive. Une femme qui s'est mariée tard ne peut souffrir l'humiliation de paraître stérile. Se plaindre d'Élie était difficile, car il avait de point en point rempli le programme poético-sentimental que Philaminte avait tracé : être une des sphères de rotation des intelligences contemporaines, les susciter, les diriger, avait enflammé dès longtemps le désir éthéré de la dame ; ce désir-là, Élie le combla sans mesure ; un tourbillon de lettrés mécontents remplissait le vide autour de Béatrix.

Le luxe et les dîners aidant, elle eut sa cour, ses flatteurs, ses poètes, dont l'encens la calmait par moment comme une potion opiacée apaise les insomnies. Le plus vieux et le moins séduisant de ses fidèles osa seul deviner ses vagues tourments. C'est dans l'ordre ; l'âge donne l'expérience, et l'expérience pousse à l'audace. Expérimenté et audacieux sont, dans certains cas, synonymes.

C'était un vicomte de vieille souche, une épave du faubourg Saint-Germain, impertinent, tranchant, déterminé ; il creva les brouillards où se retranchait l'éplorée par une décharge de railleries ; il s'était juré de la consoler et de la distraire, et il y réussit à peu près. Élie ne s'en plaignit pas. Il pensait qu'à l'aide de son ami le vicomte, sa sérénité conjugale était assurée. À eux deux, ils faisaient un siècle, chiffre respectable, fortification ardue à renverser. La clairvoyance de l'amant doublait la sécurité de l'époux.

III

Telle était la situation de Béatrix lorsque Paul revint à Paris, où le coup d'épée d'un mari outragé le mit pour huit jours à la mode.

Durant la jeunesse perplexe d'Élie, Paul avait été pour lui une sorte de rapin littéraire ; l'éconduire aux jours de sa prospérité eût paru cruel au placide époux. D'ailleurs de quoi s'effrayer ? Le vicomte faisait bonne garde.

Élie reçut Paul en familier et lui promit de le protéger ; le vicomte fit écho. Double imprudence, double maladresse. La protection ulcère infailliblement celui qui en est l'objet. Paul accepta les deux protecteurs, bien résolu de les jouer ensemble ; il les flattait quand ils étaient seuls, mais, en présence de Béatrix, il était toujours triste et réservé.

Elle le trouvait attrayant et jeune ; effet de contraste.

Les deux protecteurs malavisés plaisantaient Paul devant Béatrix sur sa double blessure : celle de l'amour et celle du fameux coup d'épée. Il prenait alors un air grave et contraint, puis regardait Béatrix comme pour faire appel à sa pitié. Il est peu de femmes qui ne répondent à ces sortes d'appel. Compatir aux douleurs de l'amour leur donne l'espérance de les consoler. Béatrix aurait voulu entendre de la bouche de Paul tous les détails de son aventure.

Chaque fois qu'elle pouvait le voir seul, elle l'interrogeait avec émotion ; Paul était prêt à lui ouvrir son âme et commençait son récit, récit compliqué et longtemps médité, car Paul devait en faire ressortir que toutes les noirceurs d'une rupture venaient de la femme qui l'avait entraîné. Mais à peine en était-il au prologue de son roman, que toujours le vicomte survenait ; l'air goguenard et sûr de lui-même, il s'installait en maître dans le boudoir. Les nerfs de Béatrix, progressivement irrités, se cabrèrent enfin contre cette servitude.

Elle sortit un matin, et fit dire chez elle qu'elle passerait la journée auprès d'une tante malade. Paul lui avait fait promettre qu'ils visiteraient ensemble une collection de tableaux de grands maîtres italiens nouvellement arrivée à Paris. C'était un jour réservé ; le temps était brumeux ; ils ne trouvèrent personne dans les trois salles où ces chefs-d'œuvre étaient réunis. Ils s'assirent en face d'une toile admirable de Pardenone représentant Suzanne au bain.

Béatrix dit à Paul de profiter de la solitude du lieu pour lui confier ses chagrins.

– Est-ce que je me souviens quand vous êtes là, répliqua-t-il, de la femme qui a trompé ma jeunesse, femme indigne qui a pu me préférer un de ces matérialistes italiens qui procèdent en amour sans préambule ! Une figure supérieure efface la sienne aujourd'hui ; c'est celle de cette Suzanne ; regardez ! elle vous ressemble ; et ces deux vieillards qui la font frissonner figurent pour moi Élie et le vicomte.

Béatrix sourit à cette phrase triplement et habilement combinée : déprécier une femme qu'on n'aime plus flatte celle à qui l'on veut plaire ; comparer à une beauté accomplie, idéalisée par le génie d'un peintre, une beauté mûre et fanée, c'est distiller une douceur alléchante ; traiter de vieillards un mari et surtout un amant, c'est un défi à l'orgueil féminin ; car, attester ce qu'elle vaut par la valeur de ceux qu'elle conquiert, est en amour une des plus vives préoccupations de la femme. Sent-elle qu'elle est amoindrie par son choix, elle est bien près d'être infidèle. Cette sensation, Paul la produisit par la troisième partie de sa phrase.

La vanité de Béatrix tressaillit et elle repartit en riant :

– Il est vrai que ce sont deux gardiens bien insupportables !

Cette réponse était un prélude de réussite que Paul ne laissa pas échapper.

– D'un mot, répliqua-t-il, vous pourriez vous débarrasser du plus irritant des deux vieillards, de cet affreux et exécrable vicomte ; à moins, ajouta-t-il en la regardant ardemment, qu'il n'ait le secret et le bonheur de vous plaire.

– Y pensez-vous ? s'écria-t-elle, un vieillard à l'esprit sec et méchant ! Me croyez-vous si dépourvue de ce qui attire ?

– Je vous juge un ange d'indulgence et de bonté subissant le joug et n'osant pas le briser de peur d'affliger le tyran. Mais la mansuétude a des bornes ; vous ne sauriez y persévérer désormais sans m'éloigner à jamais et navrer mon cœur qui est tout à vous.

Son aveu fut fait sous cette forme.

– Oh ! ne partez pas, lui dit-elle, ne laissez pas la pauvre Suzanne en proie à ces deux vieillards qui la glacent.

IV

Paul apparut triomphant le soir au dîner. Il n'y avait d'autres convives que le mari et le vicomte. Béatrix s'était parée comme aux jours de grandes réceptions ; un léger incarnat colorait ses joues, et je ne sais quoi d'inaccoutumé palpitait sous ses paupières baissées ; Élie restait taciturne ; le vicomte affectait une humeur arrogante. Béatrix en profita pour lui chercher querelle sur ses opinions politiques. Ses folles espérances d'une restauration d'Henri V étaient des rêves d'enfant, lui dit-elle. Il était évident que le grand souffle de la liberté montait et balayerait bientôt toutes les monarchies. Paul l'encourageait dans son speech en touchant doucement son pied du bout de sa botte. Il fallait être, poursuivit-elle, un esprit puéril et sénile, plein des vapeurs malsaines de l'ancien régime, pour ne pas voir la lumière nouvelle.

Le vicomte riposta par une décharge d'épigrammes mordantes contre une pauvre cervelle de femme déraisonnant sur ces matières, et se faisant l'écho de quelque conversation récente. Sans doute Béatrix avait passé la journée avec un fougueux républicain dont elle était devenue l'adepte ?

À cette sortie directe, Béatrix, pourpre de colère, répliqua qu'elle se croyait assez d'esprit pour avoir des doctrines indépendantes ; qu'il n'en était pas de même dans le noble faubourg, où les convictions n'avaient pour base que les intérêts et les vanités de caste.

Les propos se croisaient venimeux et acérés, avec une telle pétulance, que le froid Élie fut pris d'une hilarité subite. Encouragé par son exemple, Paul se permit de rire, ce qui lui valut, de la part du vicomte, les regards les plus vipérins. Jugeant la guerre implacablement engagée et les combattants désormais irréconciliables, Paul, a la suite du dîner, proposa à Élie d'aller fumer dans le jardin.

Le vicomte suivit Béatrix dans son boudoir, où il pensait l'apaiser comme à l'ordinaire. Mais il ne trouva plus qu'une amazone armée, fermement résolue à la bataille. Il prit ses mains pour la calmer et voulut tenter de l'embrasser ; elle cria à l'insulte, si bien que le vicomte, devinant la vérité, en vint à de gros mots qui sentaient la régence : il la traita de pécore effrontée et de bégueule érotique.

La rage donna de la force à Béatrix, qui, les deux poings fermés, le chassa par les épaules. Au bruit des portes violemment fermées par le vicomte en sortant, et à ce cri d'adieu : « Je suis remplacé ! » Élie et Paul accoururent. Ce dernier, comptant sur la tactique de la femme, la laissa s'expliquer seule avec le mari.

– Je viens, lui dit-elle, de faire ce que ma dignité et la vôtre exigeaient depuis longtemps, j'ai chassé le vicomte.

– Quoi ! pour cette querelle politique ? cela me semble un peu trop sévère. C'était un ami ; un homme bien posé dans le monde ; je croyais même qu'il vous distrayait.

– Y pensez-vous ! il avait des familiarités compromettantes que vous auriez déjà dû réfréner ! Puisque vous ne songez pas à me sauvegarder, je dois me sauvegarder moi-même et garantir votre propre réputation. Ce légitimiste impertinent choquait dans notre salon tous vos amis politiques et les faisait mettre en doute vos principes. Si vous voulez être député aux élections prochaines, il faut épurer nos relations, ne voir que des libéraux purs et intègres ; je porte votre nom, j'ai donc le droit de veiller sur votre carrière si vous oubliez d'y veiller vous-même ; je m'y suis associée de cœur et d'esprit, vous le savez bien. Et, sous un flux de paroles et de déductions déliées, elle égara l'époux ébahi dans le labyrinthe des ruses féminines dont les fils conducteurs s'embrouillent toujours dans la main des hommes.

Elle prit ensuite, d'une façon câline, le bras de son mari pour rentrer au salon, où Paul attendait en lisant les journaux. Un député survint et raconta les scènes des banquets qui avaient eu lieu la veille dans plusieurs départements du nord. Paul, en tacticien avisé, dit aussitôt à Élie : « Il n'y a que vous, mon cher, qui puissiez écrire une brochure éloquente sur la situation de la France ; mettez-vous à l'œuvre, et je vous promets avant huit jours un succès immense. Défiez le gouvernement de pouvoir se parquer désormais dans le cens restreint électoral ; montrez l'adjonction des capacités comme une puissance nouvelle dont il faut tenir compte sous peine d'être emporté par le flot populaire. Oh ! si j'avais votre plume, je tenterais ce duel sans différer. »

Élie, que l'espérance d'un éclair de gloire quelconque ranimait toujours, se mit la nuit même à écrire le plan de sa brochure.

– Ce petit Paul a du bon, se disait-il ; ce n'est pas le vicomte qui m'aurait donné cette idée-là. Béatrix a peut-être raison ! il ne faut voir que des gens de son bord, sous peine de perdre son influence politique.

Cette réflexion refoula l'image du vicomte, pauvre second sacrifié.

Ils devaient se retrouver plus tard ; ces deux débris étaient destinés à se consoler entre eux.

Paul avait pris la place du vicomte ; il la tint d'abord avec discrétion et un succès prodigieux. Béatrix était aimable, alerte et vive, pleine d'égards pour son mari, soigneuse de sa réputation littéraire, dont Paul multipliait les échos en donnant le ton aux convives les jours de grande réception.

L'amant endormait le mari sur des roses.

Mais un événement public éclata qui fit perdre à Paul toute mesure. La révolution de février triomphante projeta de réintégrer dans le code quelques lois équitables que deux monarchies en avaient éliminées. L'espoir de voir rétablir le divorce produisit sur l'esprit de Paul un choc électrique.

La chance était ouverte, la place d'Élie pouvait être vide. L'occuper en maître tout entière et non plus en intrus qui se fait humble et flatteur pour en avoir sa petite part ; nager dans la fortune de Béatrix ; y puiser pour lui-même les éléments de succès qu'en tirait l'autre, tel fut l'éblouissement qui enflamma sa convoitise.

Dans un de ces moments où la femme n'a plus de volonté, il insinua la sienne à Béatrix. Sûr de son concours, de mielleux il se fit acerbe ; il devint tranchant comme le vicomte, mais seulement envers le mari ; il lui reprochait d'être trop mou dans ses opinions démocratiques ; son courage civique faiblissait, le souffle lui faisait défaut pour fonder les idées nouvelles, les articles qu'il publiait dans les journaux, les déclarations de principes qu'il affichait sur les murs de Paris manquaient de vigueur républicaine.

Il le criblait sous cette forme d'une foule d'allusions qui finirent par faire écumer de rage le passif Élie.

À ces flèches décochées sans trêve, il joignait le harcèlement des coups d'épingle se traduisant par les procédés les plus saugrenus. Élie avait-il à sortir pour affaires et demandait-il son coupé, M. Paul l'avait pris dès le matin et s'en servirait jusqu'au soir.

Voulait-il, par une belle après-midi, aller respirer au bois, justement M. Paul venait de monter son cheval de selle.

Exprimait-il l'intention d'inviter tel jour à dîner ses adhérents politiques, sa table était prise complètement ce jour-là par les conviés de M. Paul. – Réclamait-il des mets et des vins qu'il préférait, M. Paul avait décidé le menu du jour. – Voulait-il se distraire par un peu de musique à l'Opéra ou aux Italiens, Béatrix avait donné dans sa loge deux places à des amies et M. Paul devait occuper la quatrième.

L'usurpateur dépossédait le maître.

La réussite des révolutions et des coups d'État les a propagés en France dans la vie privée. L'exemple venant d'en haut, ou du public, paraît bon à suivre.

Paul mettait au pillage la bibliothèque d'Élie et, sans lui en demander la permission, emportait chez lui les livres qui lui convenaient ; il eût même revêtu ses habits s'il ne les avait dédaignés.

Il était devenu un élégant, un prodigue, un personnage ! Il donnait des déjeuners fins dans son logis particulier, il se faisait des prosélytes, il soutenait les journaux qui se fondaient et étayait ceux qui allaient tomber ; il y publiait de grands articles. Béatrix défrayait toutes ses ambitions, pourvoyait à tous ses caprices ; enfin il fut nommé député, tandis qu'Élie échoua aux élections.

La prépondérance doublée d'arrogance de son ancien rapin rendit Élie furibond. Après une nuit d'insomnie et de méditation, il se détermina imprudemment à user de son droit de mari ; il entra un matin dans la chambre de sa femme, et lui dit sans préambule :

– Il vous a convenu de chasser le vicomte, il me convient à mon tour de chasser Paul ; dès aujourd'hui il sortira d'ici pour n'y rentrer jamais.

L'éthérée Béatrix se souleva menaçante sur son lit et répliqua par le « C'est à vous d'en sortir ! » de Tartuffe. Ce fut le congé définitif donné au pauvre époux inutile. Le soir même Élie quitta la maison, d'où elle le chassait en effet par sa fuite.

Le logis sans elle n'était plus qu'un navire à l'embargo : plus de pilote, plus de matelots, plus de combustible pour alimenter la vapeur. Elle était maîtresse de sa fortune et l'emportait avec elle.

V

Béatrix confia ses peines à ses amis, qui y compatirent en riant. Élie l'avait déçue dès le premier jour ; il n'avait été qu'un fantôme. Le droit au divorce était incontestable, elle l'obtiendrait d'un mot ; elle consacrerait l'amour de Paul, amour permis, car d'avance elle était veuve et libre.

Le monde, trouvant l'histoire plaisante, se divertissait à la lui entendre raconter dans les termes les plus pudibonds : « Ce n'était pas la chair qui l'enchaînait à Paul, mais un enlacement idéal. » Une femme très-nette dans ses propos lui répliqua gaiement :

– Si vous ne tenez qu'à l'amour métaphysique, eh ! ma chère, gardez donc votre mari, et cessez de geindre dans tout Paris comme Héloïse au Paraclet.

– Horreur ! s'écria Béatrix effarouchée, vous n'entendez rien à l'attraction des âmes !

Elle trouva des approbateurs mêlés de rieurs et d'indifférents qui firent cercle autour d'elle. Dans les amis mêmes d'Élie, plusieurs, endoctrinés par Paul, passèrent au camp de Béatrix. Paul, se disaient-ils, devient une puissance ; c'est un publiciste, un orateur en herbe, un libre penseur sérieux.

Ils pensaient tous au nerf vigoureux des promptes réussites ; à ces deux ou trois millions dont Paul allait disposer.

Paris est pour les riches le plus accommodant applaudisseur, le plus empressé, le plus facile des dilettanti ; fort insouciant, très-peu puritain, nullement scrutateur, toujours alléché par les surfaces attrayantes, il ne s'informe guère de ce qui grouille au-dessous ; il veut qu'on l'amuse et qu'on repaisse à toute heure ses vanités et ses appétits. La pauvreté l'ennuie, l'austérité le glace ; ce sont deux négations sociales qui lui font horreur, deux maladies dont il se tient à distance, deux duperies dont se moque son esprit ; il ne s'enquiert jamais de la moralité de ceux qui le divertissent. Cette belle parole de Mme de Lambert : « Je ne souhaite pas pour vous, mon fils, une grande fortune, il y a si peu de grandes fortunes innocentes ! » lui semble une maxime pédante ; il lui préfère ce mot de Vespasien : « L'argent n'a pas d'odeur. »

Paul recruta donc, sans trop de difficulté, des spectateurs au nouveau théâtre où s'exerçaient les prétentions de Béatrix. Les dîners servant d'intermèdes, beaucoup furent attirés.

Il est vrai que Paul déployait un zèle incessant, une activité fébrile et les expédients les plus raffinés pour que le salon de celle qu'il appelait sa muse ne fût jamais désert. Il importait à la durée et à la sécurité de son règne de faire sanctionner sa situation et de persuader à la fantasque Béatrix que, en se séparant d'Élie, elle n'avait rien perdu de son chaste prestige ; que même, grâce au mérite de l'amant, le contingent des parasites s'était glorieusement illuminé de quelques personnalités éclatantes.

– Paul quêtait ces importantes recrues à la Chambre, parmi les rédacteurs de journaux et dans tout le monde littéraire.

Comment résister à un si aimable garçon qui le matin a publié votre éloge ; qui vous applaudit quand vous montez à la tribune ; qui achète vos œuvres, fait écho à votre gloire, partage vos mécomptes, s'attendrit de vos chagrins et ouvre en magnifique la bourse de la femme qu'il aime à toutes les détresses du génie ?

Un poëte aux abois mettait-il ses vers en commandite, aussitôt Paul souscrivait, au nom de Béatrix, une centaine d'actions. – Un de ses confrères de la presse ne pouvait-il payer son cautionnement, il offrait la somme.

– L'âme forte de Béatrix, disait-il, voulait être une des colonnes de la République.

Quelque haut placé et quelque renommé qu'on soit, comment se garer de ces faiblesses, et, lorsqu'on y cède, comment refuser, sans paraître ingrat, un peu de condescendance ? On va chez la dame pour la remercier ; on ne s'y montrera qu'une fois, dit-on ; mais on y retourne, tant la glu de la fortune est haute.

Aux talents récalcitrants et misanthropes qui, vivant de peu dans leur coin, attendent la gloire sans bruit, Paul opposait des sollicitations caressantes, des câlineries pleines de piéges. Béatrix ouvrait l'assaut par des lettres délirantes : – Elle avait passé bien des nuits, disait-elle, à lire le savant (ou le philosophe) qu'elle voulait attirer ; elle s'était imbue de ses systèmes, elle en rêvait, elle en raffolait, mais quelques ténèbres et quelques arcanes obstruaient encore son faible esprit ; elle implorait les clartés souveraines du créateur de ces œuvres profondes, qui ne pouvait se refuser de guider un adepte. « La femme est avide de lumière, ajoutait-elle ; il appartient à tout astre qui plane de la lui verser ! » Elle terminait en conviant l'astre à une agape littéraire, en compagnie seulement de quelques rares esprits dignes de comprendre le génie initiateur. Qu'il vienne donc ! un refus désespérerait son adoration. – La science est la religion du siècle ! – Qu'il vienne vers son humble prêtresse, ce doux savant, comme le Christ allait avec simplicité aux petits enfants ; qu'il vienne en redingote, en pantoufles, en déshabillé de travail, mais qu'il vienne !...

Paul porte lui-même cette épître (dont nous avons la copie), il en admire le style ; il dit à Béatrix qu'il embrasse : Vous êtes une Sévigné, moins les crudités qu'elle se permet et dont vous avez la pudeur de vous garder.

Cependant le savant ou le philosophe résiste à cette bordée épistolaire ; il est tout ahuri et marmotte : Cette femme aurait diverti Molière ! Puis, lançant la lettre dans la corbeille à papiers, il se remet au travail. – Mais Paul ne s'est pas tenu pour battu par le silence qu'a gardé l'astre. Un quart d'heure avant le dîner, il court le relancer dans son nuage. Il arrive dans la voiture de Béatrix ; il surprend l'astre en bonnet grec et les pieds sur les chenets, méditant ou lisant.

– C'est trop de labeur ! s'écrie, l'homme aimable, dérobez une heure à la gloire pour rendre une femme heureuse. Sa voiture est en bas, et d'un peu plus elle y montait pour venir vous chercher elle-même. Nous aurons Siméon, votre confrère de l'Institut, et Rubald, qui va publier dans la Revue une appréciation enthousiaste de votre dernier livre ; ne résistez pas : vous serez dorloté par une femme qui est un ange.

– Mais y pensez-vous ? répond le travailleur, c'est tout une toilette à faire.

– À quoi bon ! venez comme vous êtes : votre génie vous pare suffisamment.

– J'avais pourtant juré de ne pas bouger d'aujourd'hui, riposte le savant indécis.

– L'air vous ravivera, vous êtes pâle. Allons, c'est dit, vous avez consenti.

– Il faut me chausser, quelle fatigue ! Et mon domestique qui est sorti.

– Je vous aiderai, réplique Paul.

Le savant se décide, en maugréant tout bas, met ses bottes et passe un habit. Paul s'empresse autour de lui et lui offre de nouer sa cravate.

On part, le pas est franchi. Béatrix s'épuise en chatteries ; elle donne le ton à des concerts de louanges. Le dîner est exquis, les vins égayants, on se sent dans une atmosphère assez douce. On se dit au retour que quelques heures de halte ne nuisent pas aux travaux de l'esprit, qu'après tout, ce salon en vaut bien un autre.

On est sauvage, mais on est poli ; rendre une visite est de rigueur ; on ne revient qu'à de rares intervalles : mais cela suffit ; on est désormais de la maison. L'astre est conquis. Paul dit partout : C'est un des nôtres !

D'autres ainsi sont attirés, le nombre augmente, le salon s'affirme et prend de l'importance. – C'est un centre d'hommes célèbres. – Béatrix a vraiment de l'esprit. Paul a peut-être un génie qu'on ignore ; il se révélera tôt ou tard par des œuvres qui se font attendre. On l'encourage à les mettre au jour. Il sourit modeste et laisse sous-entendre des pensées profondes. Quelques compères révèlent alors que Paul leur a communiqué des pages superbes d'un traité sur la législation universelle, qui fera oublier l'Esprit des lois. Paul se récuse humblement. Béatrix confirme les indiscrets ; elle n'en saurait douter depuis qu'elle a lu des fragments de cette œuvre, Paul aura sa place parmi les hommes illustres.

Il l'avait déjà, c'est-à-dire qu'il la prenait lui-même ; il traitait en familiers les plus glorieux, en tutoyait quelques-uns, et appelait les autres par leur nom tout court ; il les prenait par la taille ou leur frappait sémillant sur l'épaule en leur offrant des cigares divins. Comment se gendarmer contre des gens chez lesquels on dîne et on fume si bien ? Puis Béatrix gardait un décorum parfait ; ce n'était pas sa faute si la loi sur le divorce avait été repoussée. D'ailleurs on disait que Paul et Béatrix s'étaient mariés secrètement en Belgique, et, dans tous les cas, leur liaison avait droit au respect, tant elle ressemblait à une amitié modèle.

Ainsi pensaient les plus scrupuleux, qui, par une pente insensible, en étaient arrivés à traiter en ami ce Petit Monsieur triomphant. Le monde vit de mensonge. Béatrix parvint à imposer aux railleurs par sa pruderie audacieuse ; elle taxait d'œuvres perverses les romans de Mme ***, et se montrait sans pitié envers la marquise de B…, qui, après avoir pris la fuite avec un artiste, élevait en bonne mère les enfants qu'elle avait eus de lui. « C'était, prétendait Béatrix, par trop braver l'opinion publique ! » Lorsqu'elle parlait de Lamennais et de Béranger, elle disait, en clignant les yeux : « Ce sont deux hommes immoraux ! »

Un jour, Mme L… qui dînait chez elle, raconte une très-plaisante anecdote sur une reine de vieille race qui a l'habitude de donner à chacun de ses amants un riche reliquaire renfermant une petite partie du saint dont le bien-aimé du moment porte le nom. Mme L… ajouta que l'avorton d'époux de la reine prenait sa revanche en s'amusant plus en Valois qu'en Bourbon.

Béatrix effarouchée rougit jusqu'aux oreilles et dit sèchement que de pareils propos tenus devant ses domestiques pourraient les pousser à lui manquer de respect.

– Eh ! ma chère, riposta Mme L…, vous enseignez donc l'histoire de France à vos laquais ?

Et depuis ce jour elle ne remit plus les pieds chez cette Arsinoé incorrigible.

VI

Tandis que Béatrix se transfigurait dans les nuées, le pauvre Élie aurait sombré dans la misère et l'obscurité sans son ami le vicomte, qu'il vit paraître au moment même où il faisait ses paquets pour quitter le vaste logis conjugal, dont il ne pouvait plus payer les termes. Il fut attendri en retrouvant un cœur qui lui restait fidèle. La vengeance était pour moitié dans la sympathie de l'incisif vicomte.

– Pas de tristesse, mon cher, s'écria-t-il ; montrez-vous raffermi, c'est le moment d'être un homme ! Ceci est un duel devant l'opinion, je serai votre second et je vous jure que vous triompherez. Mais, d'abord, il faut vous armer de pied en cap ; exigez sur l'heure et par huissier une forte pension de cette pimbêche. Restez bien logé, bien nourri, bien vêtu ; écrivez des romans qui plaisent aux femmes. Je vous lancerai dans le faubourg Saint-Germain, et, avant un mois, vingt duchesses et autant de marquises à la langue acérée deviendront vos défenseurs redoutables. La république meurt, une monarchie va renaître ; Paul sera aplati comme un cloporte ; si nous restaurons nos anciens rois, j'obtiendrai contre lui une lettre de cachet…

Élie sourit à cette dernière phrase d'un ultra visionnaire, tout en acquiesçant au reste du programme, dont la réalisation fut complète.

L'époux berné fut bientôt justifié et vengé par toutes les voix du noble faubourg. Quelques douairières affirmèrent, avec une pétillante ardeur, que tous les griefs impudiques qu'avait murmurés contre son mari la femme émancipée étaient d'abominables calomnies. La défense d'Élie devint pour elles une question de principe. Béatrix représentait la femme libre sans frein religieux, sans joug moral ; produit effrayant de l'exécrable république. Ceux qui l'entouraient et la sauvegardaient étaient eux-mêmes des mécréants endurcis dont l'esprit et la science sapaient les lois divines et humaines. Le salon de Béatrix était un lieu de perdition, qu'il faudrait fermer comme un club révolutionnaire le jour où l'ordre serait rétabli.

Le camp rival de Paul et de Béatrix riposta que Élie était un renégat, qu'il avait déserté le libéralisme pour passer à la légitimité. La vérité, c'est qu'il était très indifférent aux doctrines du vieux faubourg, mais que la réhabilitation qu'il y obtint le flattait.

De telles proportions données à cette comédie intime en agrandirent le bruit ; l'écho s'en répercuta durant quelques mois dans le beau monde parisien.

La surprise du coup d'État de l'empire étouffa instantanément ces puériles rumeurs.

Paul ne fut pas un des martyrs du Deux décembre ; il ne subit ni l'exil, ni Mazas (la nouvelle Bastille), comme le vicomte l'avait espéré ; il se mura dans une autre prison plus riante et plus douce, dans l'affaissement du far niente, dans la mollesse du luxe, dans la volupté de la bonne chère. Pour justifier son inaction de sybarite, il l'imputait à la rigueur des temps.

Les travaux de la Chambre avaient absorbé son esprit sous la république, et maintenant qu'il désirait publier des œuvres hardies, lentement méditées, tous les éditeurs refusaient lâchement de les mettre en lumière ! Puis, disait-il, Béatrix s'affaiblissait ; ses langueurs le remplissaient d'épouvante ; il devait veiller comme un frère sur cette vie si fragile et si chère.

Il disait vrai, Béatrix se mourait.

Le déclin se transforme en soudaine vieillesse dans ces liaisons malsaines où l'intéressé n'assure son empire que par des agitations délétères qui tuent à l'âge où l'apaisement doit régner. Malheur à la femme qui n'ayant pas aimé à vingt ans commence à goûter à l'amour à quarante ! elle y détraque sa raison et y alanguit tout son être.

L'amour est une liqueur capiteuse qui exige, pour n'être pas mortelle, toute la vigueur de la jeunesse.

Béatrix mourut de son insalubre et tardif amour. On lui fit des obsèques magnifiques, et, lorsqu'on ouvrit son testament, Paul se trouva l'héritier unique de près de trois millions. Pas un ami, pas un comparse bienveillant de ce théâtre où scintilla Béatrix, n'eut un souvenir d'elle.

Paul se hâta de lui faire construire un tombeau poétique, et enjoignit à un statuaire de symboliser la morte incomparable. Or, les mièvreries de l'esprit ne pouvant être reproduites par le marbre, l'artiste prêta à la défunte une vertu qu'elle n'avait point pratiquée : il la représente en Charité versant une pluie d'or sur des pauvres qui lui tendaient les bras. Le hasard, qui a ses malices, voulut que parmi ces figures d'indigents, la plus apparente du bas-relief ressemblât fatalement à Paul. Tous ceux qui virent le monument furent frappés de cette ressemblance et se prirent à rire. L'un d'eux s'écria plaisamment : « Voilà cet heureux Paul transformé en Danaë mâle ! »

Ce nom de Danaë lui resta.

On le voit, Paris qui s'ennuie rit partout, même dans les cimetières ; il s'y promène en jasant gaiement ; parfois il a l'imprudence d'aller y parler politique. Ce n'est pas qu'il manque de respect pour les morts, mais il les envie ; il les trouve moins comprimés que les vivants, partant plus heureux ; car la liberté c'est l'allégresse.

Ce fut là sans doute l'opinion d'Élie ; lassé et dégoûté des douairières, il suivit de près Béatrix. Un matin on le trouva mort tout sanglant dans son lit : il s'était brûlé la cervelle. Ses détracteurs dirent : – Par désespoir des trois millions ; ses amis : Par désespoir de la mort de sa femme, qu'il avait toujours adorée in partibus.

Paul eut promptement palpé l'énorme héritage et disparut de l'horizon de Paris. Où s'éclipsa-t-il ? On l'ignore. Quelques-uns prétendent qu'il vit à Badgad et que, regaillardi par cette tiède atmosphère, il se plaît à faire danser des bayadères.

Ce grand parleur de liberté et de république n'a pas même saisi l'occasion de laver sa fortune d'alcôve. Ses trois millions envoyés à Garibaldi auraient fourni des armes à ce héros : fusils à aiguille contre fusils Chassepot, et, les âmes patriotiques aidant, ces millions auraient fait merveille ! Concourir à la chute du donjon papal d'où monte la nuit, et où toutes nos chaînes se forgent, n'a pas tenté cette âme énervée par la honte. L'efféminé a manqué l'heure de redevenir un homme, il n'a été qu'un Marfori au petit pied.

Soyons justes, même envers les reines, ces grandes désœuvrées qui n'ont que la peine de naître : la pudeur de la prude Béatrix vaut la pudeur de la dévote Isabelle.